U0561274

一首诗所能做的

蒋小涵 著

广西师范大学出版社
GUANGXI NORMAL UNIVERSITY PRESS
·桂林·

透的一口气

蒋小涵 著

一首诗等于一条命

每首诗都是活的

并且活得鲜艳

而激烈

目为

每首诗

以詩做序

目录

颜　面 ……………………………………… 1

路过一片地摊儿 …………………………… 3

被动是一种礼貌 …………………………… 4

一个人检验出一个社会的成色 …………… 6

我只能是我想给你的一切 ………………… 7

真性情 ……………………………………… 8

统称诗人 …………………………………… 10

我的本意是为你写一首情诗 ……………… 12

凡·高只能用凡·高来解读 ……………… 13

我，爱，你。……………………………… 15

不可言说 …………………………………… 16

老去之前 …………………………………… 18

秋，一些枯黄的叶子尚未脱枝 …………… 19

牙 …………………………………………… 20

注　视 ……………………………………… 21

一　厘	22
娃娃头	25
当"人生不如意之事十有八九"作为道理而存在	26
浮生一日，思绪袅袅	28
我爱你	30
爱情的风骨	31
这杯，敬你	34
一场雪的修养	35
遇	36
致海子	38
哈　哈	40
囚	41
2021	42
不　治	44
散　弹	45
世界进行时	47

残 雪	49
熬	50
四杯过后	51
一首诗	54
纯 粹	56
驼 背	57
怎么笑	60
滚滚情意	62
一只等待中的熊	64
盆 栽	66
失 忆	68
万物归一	70
自从爱	71
代 价	72
醒	74
初 心	76

诗歌无用 ………………………………78

无　解 …………………………………79

想写一首柔和的小诗 ………………80

夏　日 …………………………………81

文　笔 …………………………………82

沉，默 …………………………………83

真　相 …………………………………84

选　择 …………………………………85

失　控 …………………………………86

万劫不复 ………………………………88

三　岁 …………………………………90

伸出了手却不见踪影 ………………92

赎　身 …………………………………93

一首诗所能做的 ………………………94

俗　世 …………………………………95

它　说 …………………………………98

街　景	101
未见独立	102
恪　守	103
战无不亡	105
瀑　布	106
暴　走	108
看　海	109
它又说	112
不　惑	114
偶尔地看海，才是刚需	116
出　息	118
情　欲	119
气　度	120
倒春寒	121
成　长	122
悲观的乐观／乐观的悲观主义者	123

弦外之音 …… 124

忘 …… 126

无　题 …… 127

蓝 …… 128

即　兴 …… 129

逐　帧 …… 130

灵魂的量词 …… 131

流　放 …… 132

岁月静好 …… 134

一个舌吻的德行 …… 136

兴　盛 …… 138

乌　鸦 …… 139

当沙发开始思考 …… 140

文　明 …… 144

流水账分行也可成诗之——她/他说 …… 145

福　报 …… 152

默　哀	153
稚	154
环　游	156
诗无眼，命无核	157
幼童离诗歌最近	158
大病初愈	162
虐	163
失　眠	164
腔	165
嘘！	166
可　惜	167
阅　镜	168
露	170
应　试	171
花言巧语	173
减　肥	174

一根烟 176

人　话 178

讳 180

霞 181

平　行 182

苍蝇之死 183

一首情诗的诞生以及作废 184

挂　科 186

愈 187

关　联 188

严　肃 189

跋 191

蒋小涵

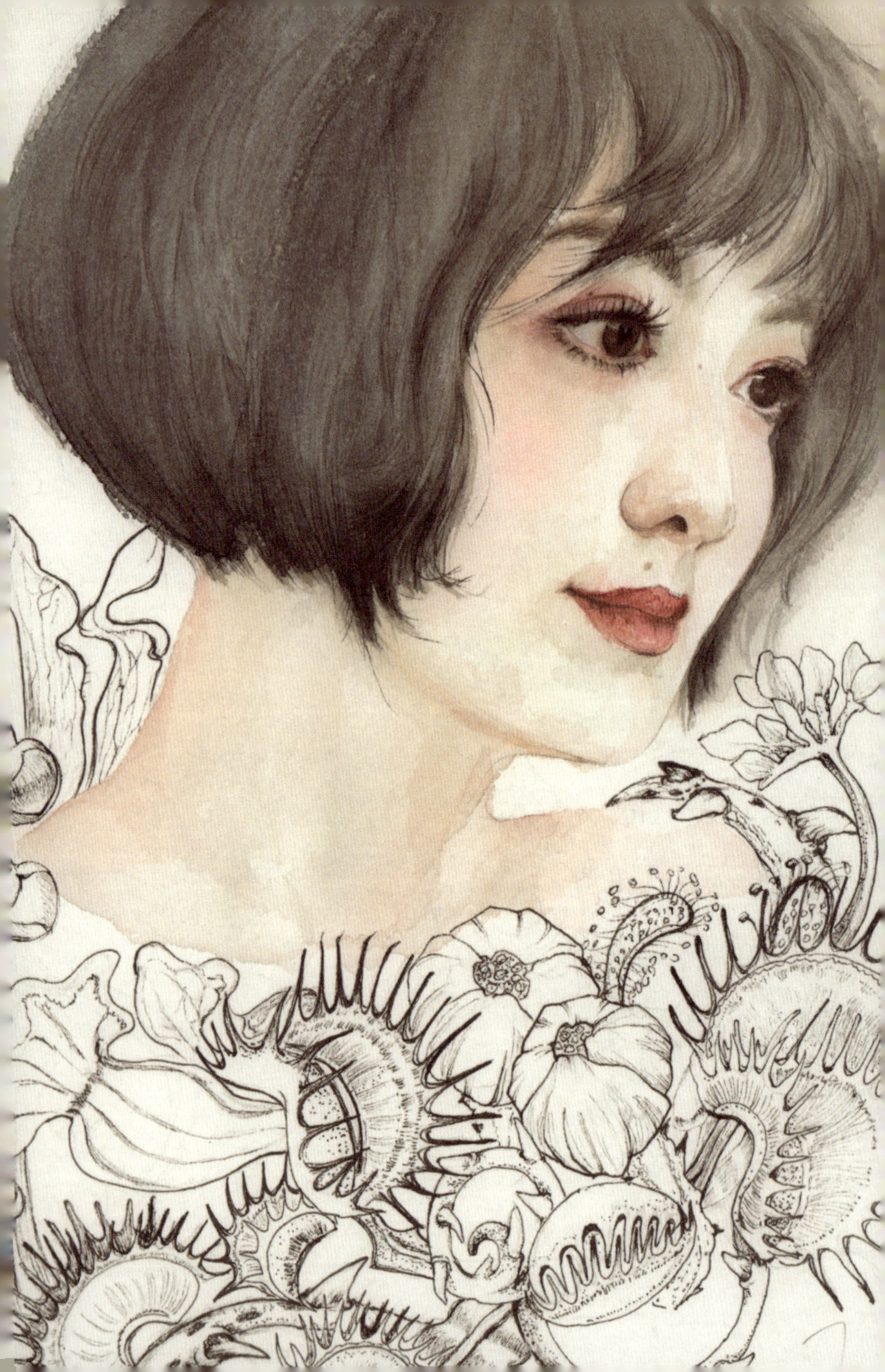

颜 面

不忍祛眼袋
金鱼似的泪水被没收了池塘
悲伤游一脸
如何打扫现场

不敢垫鼻梁
棱角一旦高耸
就像
失了分寸的清高现出原形
成了张狂

不肯丰唇
本已欲说还休
何必虚张声势

保留每一道皱纹

即使有片刻的麻木

活过来的时候

每种表情才有迹可循

2020.9.8

路过一片地摊儿

摆摊儿的
大多是老人
大多只是被经过

老人啊
脸上的皱纹最多
却该有着最舒展的表情
要么写着"过来人"的淡然
哪怕是"过来人"的傲慢
即使冷漠也好

然而
头发白了的人
脸上还涌动着讨好生活的波澜
哪怕极微小
也让人心疼

2020.8.16

被动是一种礼貌

短发有个问题

总得修剪

刚剪完看着愣

撑不到一个月便不精神了

最好的样子一周而已

近来最困扰我的

无非

剪

还是不剪

能不能赶在最好的样子

见到你

而短发

据说本是用来彰显

洒脱的

2020.8.19

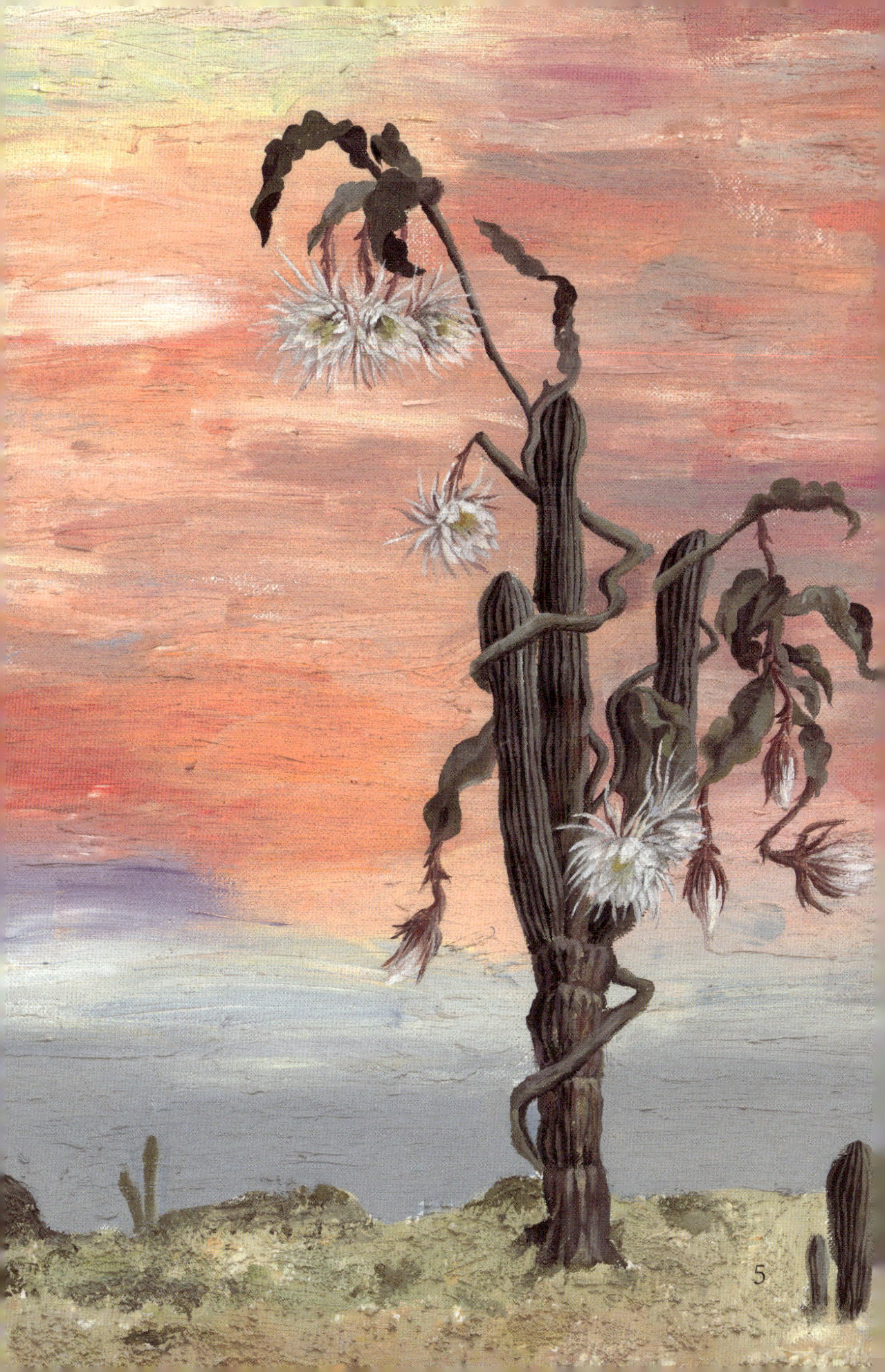

一个人检验出一个社会的成色

有人憎恶你

有人嘲笑你

有人疏离你

有人观望你

有人热衷以同样的姿势和你站在一起

却感觉不到你的疼

一个人

想摆脱失眠而已

精分出多重人格

竟没有一个是

快乐的

都是致命的病

有患绝症的

有患绝望的

2020.8.18

我只能是我想给你的一切

我不仅给你这首诗

我把每个句子惊醒了给你

把每个词扎透了给你

把每个意象点燃了给你

每一个字

都必须是它最疼的样子

既然双手捧着还不够正式

用嘴叼住又太不严肃

那么

我只好把这首诗嵌进皮肤

用体温挽留它的性命

执意于你终将看到它

认领它

直到

我就是它

2020.9

真性情

明知克制稳赢

偏要纵情

泼出的水

烈日也无法灼干

溺死于真话的汪洋

不偷一口气

并恣意地宣称

只有这种死法

才配叫活着

2020.9.1

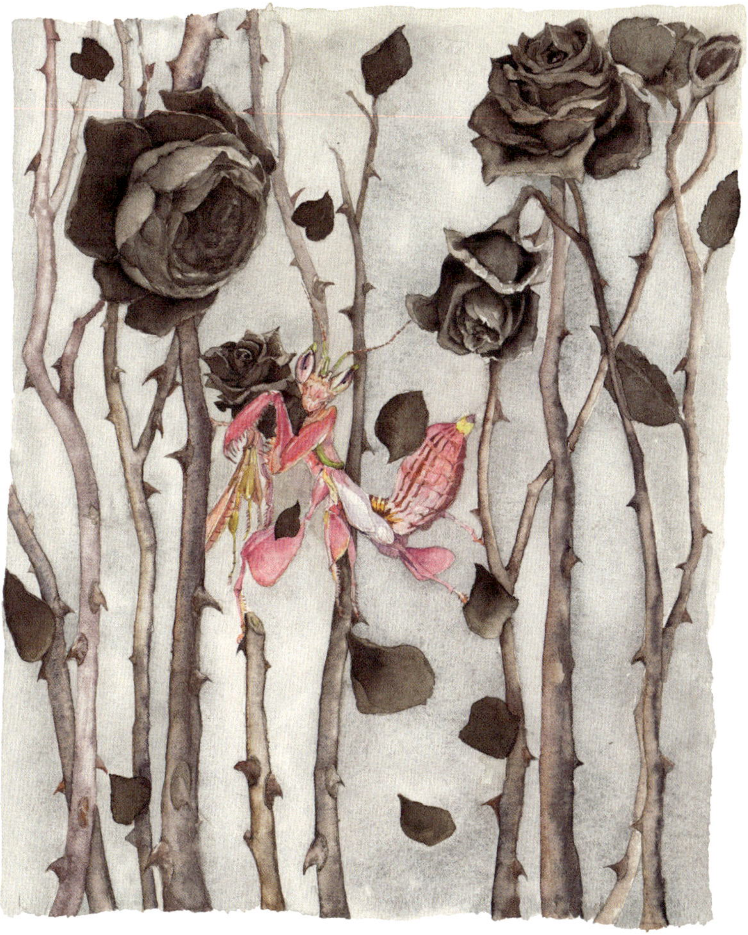

统称诗人

有人用情写诗
仅止步于感受的层面
但令水滴也澎湃
火苗可怒燃

有人用才写诗
尚未发力
那些文字已高高在上
惊艳得不可一世

有人用脑写诗
精明地运作词语
每个句子都被拧成诗的样子
才获准登场

有人用心写诗

承载不下的快意与疼痛在过程中得到消解

冲动再烈

终归平静

也有人

写诗以来日渐消瘦

每个字都是从身体里分离出来的质量

这样的人，写诗

用命

2020.9.11

我的本意是为你写一首情诗

头脑中成百上千个词
都与我对你的情感有关
它们卖力地游动
以我血液循环的速度
只是
打捞起的每一个都没能挣扎成诗的模样
再放回去
它就已经死了

作诗未遂也不是一件坏事，我想
至少证明了
因你而生的焦灼
不是一首诗
所能吹灭的

2020.9.13

凡·高只能用凡·高来解读

当一个人的辽阔大于世界的边际

无法突围的疼痛

自向内绽开

酿造死亡

当一个人的善良大于众生的总和

而他

尚且不是神

悲剧就是他的命

当一个人爱的天赋远远大于爱的能力

示爱的方式

唯有燃烧灵魂

灿烂而孤绝

无数个这样的夜晚

我在专注地爱你

并认真地思考：

一个人

要多么无与伦比

才配称作

疯子

2020.9.21

我，爱，你。

我，是被爱你这件事
盘活的。
因此，当"你"作"我爱你"的句尾
我，就成了一个动词
爱，回归名词的属性
"我爱"
如同：吃饭，吸氧，活命……
你让"我"成为一种不间断的生命活动
爱是续命所需。

一切因"你"而起，
你让"我爱你"这三字组成的
原本完好的句子
不得不用逗号隔开

讲出每个字
都变得吃力。

2020.10.4

不可言说

曾经"写诗"

无非堆砌意象

并为词与词偶然碰撞出的惊艳沾沾自喜

无的放矢也能获得快感

及时收尾

末句只求既开放又幽闭

有余韵且显得悠长

我的青春用写诗度过

靠写诗正名

常见的冲动和世俗的烦恼都能靠"写诗"上位

高级起来

此刻的我

又想写诗

而灵光乍现的运气已将我抛弃

只好竭力为思想安排词句

谨小慎微

无奈此举与我写诗的意图背道而驰

那就是恣意抒发"不可言说"

本以为只有诗能办到

而我

却写不出了

2020

老去之前

想把我的前半生掰开了揉碎了喂给你

让你尝尽我是谁

我的骄傲和卑微

每一次的盛开和凋谢

只有这样

你才能用比我高级得多的智慧

为我解答这个问题：

我为什么爱你

从此以后，

在你每个微笑里

都有我的容身之所

你的每次沉思中

也有我的栖身之地

2020.10.6

秋，一些枯黄的叶子尚未脱枝

翠绿的心愿曾生机盎然

热切，丰盈，不可一世

而对于一个心愿而言

最致命的打击

不是无法实现

而是

过期作废

为了看起来合理

只好生锈，斑驳，不堪一击

苦等一阵微风

才好

顺势而亡

2020.10.11

牙

我的姥爷曾有一口好牙

80岁一颗未掉,连松动的都没有

每日三餐后,他都认真清洁他的牙齿

啃青苹果毫不费力

发出清脆的响声

我的姥爷因心梗入院

再没能回家

去世的时候

所有器官都成了逃兵

唯有牙齿还在待命

我的姥爷

有一口好牙

生命的最后七个月

却用鼻子进食

2020.10.13

注　视

据说每颗星星都要积攒五千万年的热度
才得以发光
用一场核爆
换来一百亿年的闪耀

我在描述的
是一束目光的成分

当一个人的眼中有一片星空
那么
她是在穷尽无法计数的轮回
和肉骨俱焚的疼痛
看着你

2020.10.17

一　厘

吾爱

情深至此

时间就不是敌人

你尽管自如地老去

接近沧桑的每一厘

都在延长我怀抱的半径

每一道新增的皱纹

都是我甘愿跌落的深渊

吾爱

与你相比，我一无是处

在现实面前，我弱不禁风

我的爱却已竭尽所能

它

只比永恒长出一厘

凭这一厘

你就该老去得

有恃无恐

2020.10.18

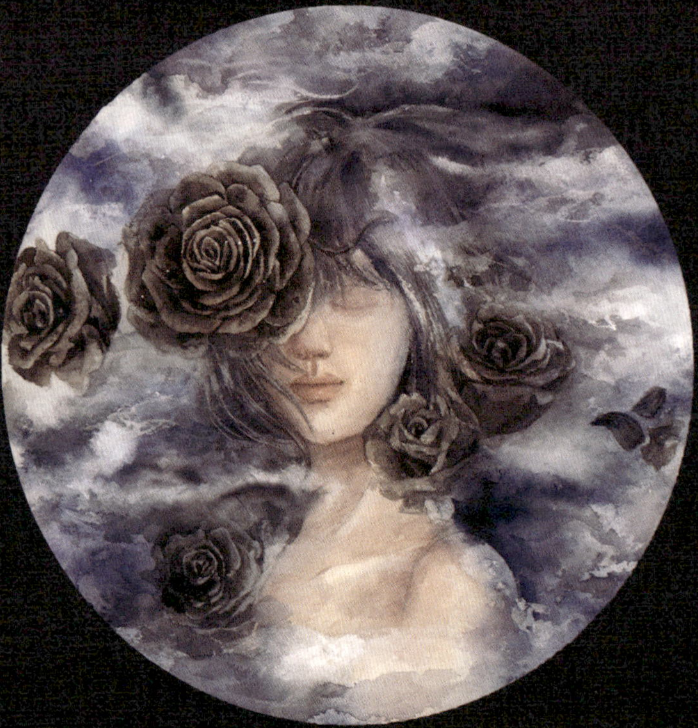

娃娃头

娃娃头对你死心塌地
这么多年
它罩着你
世态炎凉,你不冷
现实蜇咬,你不疼
它延展你的无畏,外化你的天真
污浊的雨水
淋不透你

娃娃头对你死心塌地
也守口如瓶
关于它已力不从心的事实
它慎之又慎地暗示你
用几根
白发

2020.10.19

当"人生不如意之事十有八九"作为道理而存在

两个欲言又止的人

举起了酒杯

天空就告别两只

即将溺死的飞鸟

一个失意的人

开始自言自语

自命不凡的人生

才得以在意念中履行

感情的壑,不能量化

因此,道理无法填补

这本身就是一个浅显的道理

正如：

1+1 等于 2

你 + 我

不等于，我们

道理可成矩阵

却碾不平

额头的，一条细纹

2020.10.28

浮生一日，思绪袅袅

一

绷紧全身神经

即可在脸上拽出一抹微笑

如同在萧瑟中构建一场春色

有着扎眼的明艳

二

一个身患思念的人

脸总是烫的

除非闭上眼睛

不然，一切是你

而闭上眼睛

你，是一切

无法送达的心声难以计数

试探着距离的残忍

三

俏丽、充沛、百变的情

也很好

当我只剩

扎实,纯良、死板的

爱

四

一颗心再天花乱坠

也注定生着一小片恰如其分的荒凉

以揭示生而为人

孤独的本质和无知的宿命

意识到

并接受它的存在

是一种本分。

而我

竟还在试图用你

开垦它……

2020.11.6

我爱你

一字不必千金
一字只需 7 克,我就不敢说了
每个字都在分摊我的灵魂。

据说
人死的一瞬间会轻 21 克
那就是灵魂的重量
因为你
我的命
只剩三个字
怕一旦说出口
我就会变成
行尸走肉

2020.11.8

爱情的风骨

一

夏的质问，秋的奚落，
甚至冬的群殴
都没能掀翻爱情的笑脸
只令它徒有的那一树
不谙世事的春意
又生发了
孤注一掷的决绝

索性
兀自盎然

二

沉默比世界辽阔

无端的爱情

哑于沉默

当无边的空寂成为

坚硬的实体

一个人的命就不得不疼

索性

嗜疼如命

2020.11.14

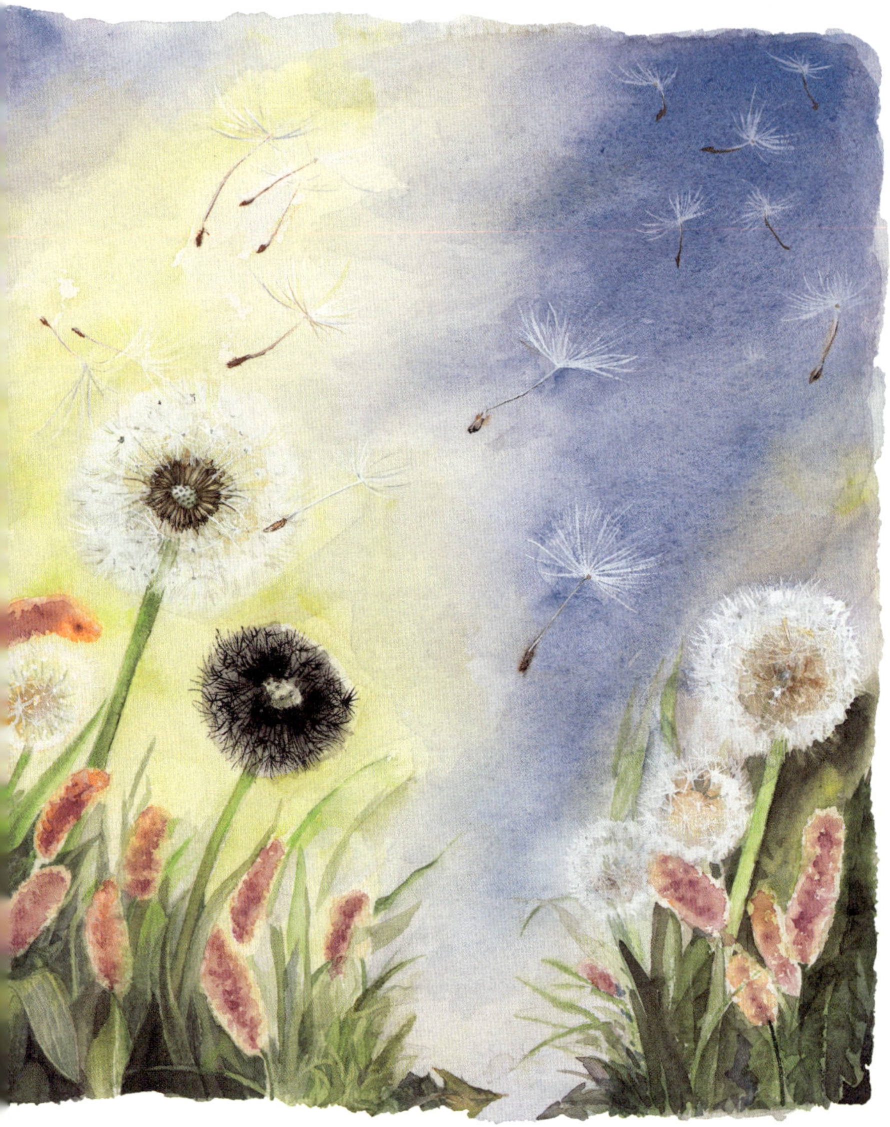

这杯,敬你

写给你的每个字

都为演尽自己的角色

鞠躬尽瘁

它们,只有一次机会

不被懂得

就彻底失去了

深刻才配享有的待遇

像精心酿造了百年的酒

被做

解渴之用

2020.11.29

一场雪的修养

当热切的思念已成规模

它明知故犯,擅自沸腾

而后

在遇冷的一瞬,坦然地苍白

失血的心,碎成他人眼中曼妙的景致

纷纷落地。那么从容。

干净,

不闹。

感知一丁点预期之外的暖

就欣慰地

化为乌有。

2020.12.1

遇

一扇门为封锁身后的荒芜

放弃了门的属性

将自己固化成一面墙

任你在它苍白而僵硬的脸上涂抹春色

一团烈焰为避免劫后的荒芜

关闭了吞噬一切的愤怒

将自己蜷缩成一芽火苗

任你用眼睛把玩它的弱不禁风

一个人为覆盖心头的荒芜

卸下了孤独才有的高贵

将自己活成了两个人

任你以各种内容和形式做第二个人

而荒芜，作为永恒的存在

始终大于天地

等于死亡

此刻

它，竟突然惊出了意识

开始酝酿，万物生长的

意义

2020.12.7

致海子

少年时读你
你是哥哥
中年时读你
你是弟弟

自以为懂你的时候
生出了三头六臂
三头,仍装不下你的思绪
六臂,延伸得再长
依旧条条扑空
意识到过多的冷
却无法触及半个拥抱
是不是你想止的
一种疼

你一定坚信灵魂会死
不然不必急着摧毁肉体

可如若灵魂当真不灭

尘世之上再绝望

怎么救

暮年

还要读你

2020.12.16

哈　哈

已经有一阵子了
在很多严肃的场合
总想放声大笑
如果这是被允许的
该多好
像号啕大哭一样
放声大笑也是人的刚需
而那些欢乐的场合
又实在让人
笑不出来

2020.12.24

囚

拉弓的时候
盯死了靶。
这一刻
我等了太久
以至于,眼球将靶心胀大了千倍
以至于,眉心拧出了一条峡谷
以至于,胸口被心跳震出了裂缝

放!

我射出了我自己
因为
我没有箭

2020.12.27

2021

换作我是你

也许不敢上前

甚至扭头就跑

那么多无头的债要还

那么多无辜的期望等着兑现

那么多手伸向你

它们嗷嗷待哺

你可拉得动?

你是被预设的救世英雄

出场音乐已势如破竹

与之匹配的步伐就不能乱了方寸

当一声又一声的"新年快乐"成了你的紧箍咒

2021

敬你如期而至

当然

你也别无选择

2020.12.31

不 治

身患绝症的女人
还在拼命熬夜,抽烟,喝酒,吃糖……
不遗余力地践行着所有禁忌
她怕
不得不死的时候
病灶来不及转移至
来世

她患的是
爱

2021.1.2

散　弹

阳光甚好

最想做的事

是给床头那几本最常翻阅的诗集都打满孔

然后一本一本地

举过头顶

看密集的温暖和光亮

一束束地

穿透

那些只剩回声的质问

那些无处泄力的愤怒

那些不被需要的深情

那些深不见底的绝望……

只是不确定

如果诗有生命

会不会

在被阳光击穿的一瞬

正式宣告死亡

2021.1.3

世界进行时

世界可悲时
宁肯批量生产
少女脸上的
风尘
不愿精雕细琢
老妪眼里的
纯真

世界可憎时
毕恭毕敬地收藏
大笑者
口中的金牙
堂而皇之地销毁
殉道者
水晶般的眼泪

世界可笑时

为了仰望一座山

不惜抽干一片海

……

2021.1.6

残 雪

总有些残雪顽固不化
它们自觉识破了阳光的伪善
拒绝接受照耀
即使不断萎缩
因不再纯白而失语
也绝不顺势滑向污水

它们信奉的,大概是
心有多寒
命就有多硬

直到第一朵花懵懵懂懂地盛开
好用并存的违和
提醒世人
严冬曾存在的事实

2021.1.8

熬

思念本身有生命

会长大

它时时刻刻都在做的事

是对每一口回忆细嚼慢咽

又对每一份憧憬大快朵颐

思念长速惊人

当它大到你的身体和心灵都装不下

就会站出来

成为一个独立于你的存在

你就以为告别了它

可思念是个胖子

胖到永远挡住你的视线

胖到你一动

它就喘

2021.1.17

四杯过后

除了舌头

每个器官都在泄密

以皮肤为首

愧与涩皆羞,红色之美

在于危险

第一杯,打火

第二杯,松手刹

第三杯,挂挡

第四杯,松脚刹

没有第五杯,因为面前是一堵墙

四杯刚刚好

所谓微醺

它的美妙之处

无非是把一个人送到了

讨厌自己之前

最喜欢自己的时候

2021.1.27

53

一首诗

这个夜晚

她呼吸困难

除非表达对一个人的爱

她决心把他围困在

一首诗里

这个夜晚

她疼痛难忍

必须缓解对一个人的爱

她决心把他消弭在

一首诗里

无数个这样的夜晚

唯有疼到窒息

对那首诗

她无能为力

因为

在他召集了她全部的诗意

甚至霸占了唯一的诗眼之后

却将诗句

遣散了

2021.2.2

纯 粹

睁开眼睛

发现自己还活着

这就是一个人在每次醒来所意外获得的天大喜讯

然后

你所要做的

就是用力地活

充分地活

且充满善意地活

千万不要辜负这个喜讯

只有这样,才能确保

在那个终将无法避免的时刻

你离开这个世界的事实

于他人来讲

是一个

纯粹的

噩耗

2021.2.3

驼 背

堆在心里的话
一句摞一句
一句缠一句
它们中的任何两句都无法彼此消解
却能相互交融而生发出新的语句
它们,关乎同一个主题
每一句都是对另一句的阐释或佐证
它们越积越多
越挤越硬
越压,越沉

有些人的胸挺不起来
既非发自疾病,也非出于习惯
且与衰老无关

他们只是

不能，不愿，不敢，或不忍

开口而已

2021.2.6

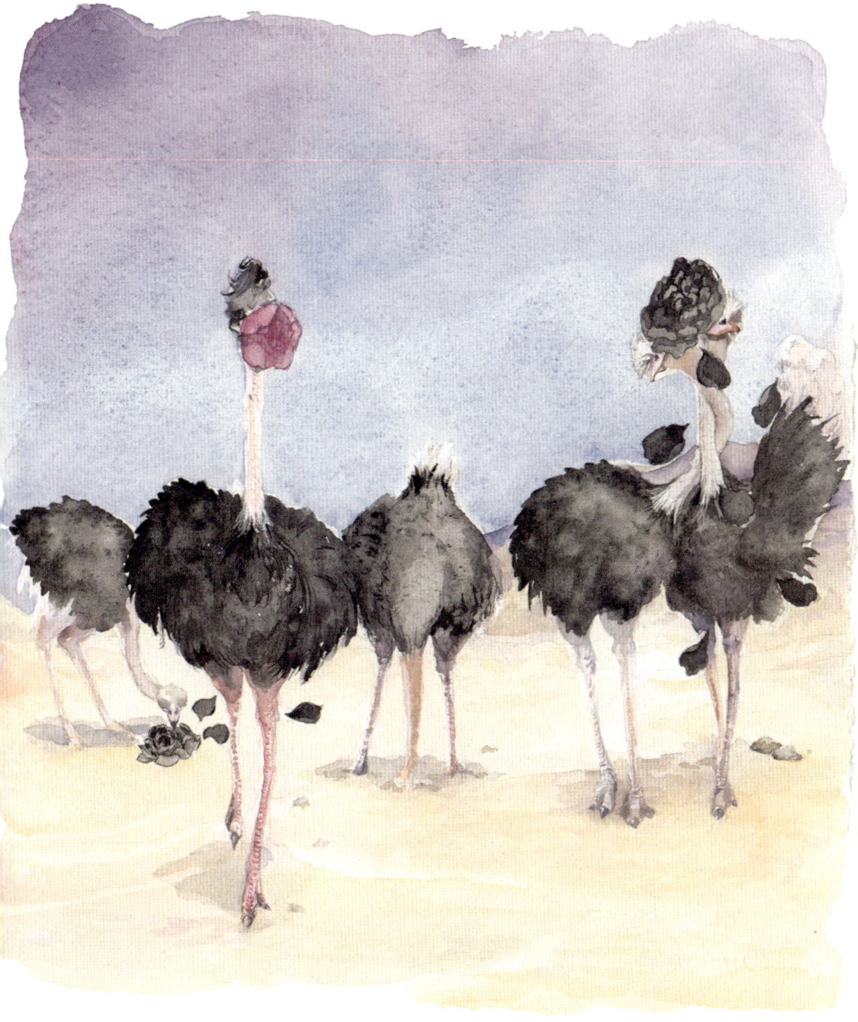

怎么笑

妈妈，老虎怎么笑？

蜘蛛怎么笑？

大象怎么笑？

奶瓶怎么笑？

桌子怎么笑？

火车怎么笑……

近来为回答儿子的这些问题

发明了无数声音和表情

乐此不疲

也希望儿子永远记得

并享受

人

是怎么笑的

2021.2.10

61

滚滚情意

我要做的

是将所能预见的

所有尖锐和锋利

统统藏起

以阻止它们和我的脆弱发生任何碰触

我要避免的

是心被划伤

哪怕一个极小的口子
你的世界
也会生出一座
奔突的
火山

2021.2.13

一只等待中的熊

冬眠的时候

她做了一个长长的梦

梦里尽是过不完的春天

失而复得的暖

给世界戴上了最温柔的表情

花草明艳得恰到好处

香气乘着微风撒欢儿

溪水在流动中任顽皮恣意闪烁……

事物皆处于最纯真的时期

张扬着最鲜活的态度

有着动摇一切意志的色彩和质地

然后

春天到了

她醒了

她在真正的春天里

失去了春天

之后

她便用尽全部心力

期盼着冬天的到来

因为冬眠

似乎是她与春天产生联系

唯一的途径

2021.2.23

盆　栽

我爱凡·高

爱那些向日葵

爱它们毫无顾忌的光和热

在本能的驱使下

拼命地伸展，激动地战栗

纷纷展示着

一株烈焰

意识到自己是盆栽之前

想要

酿成一场山火的野心

2021.3.1

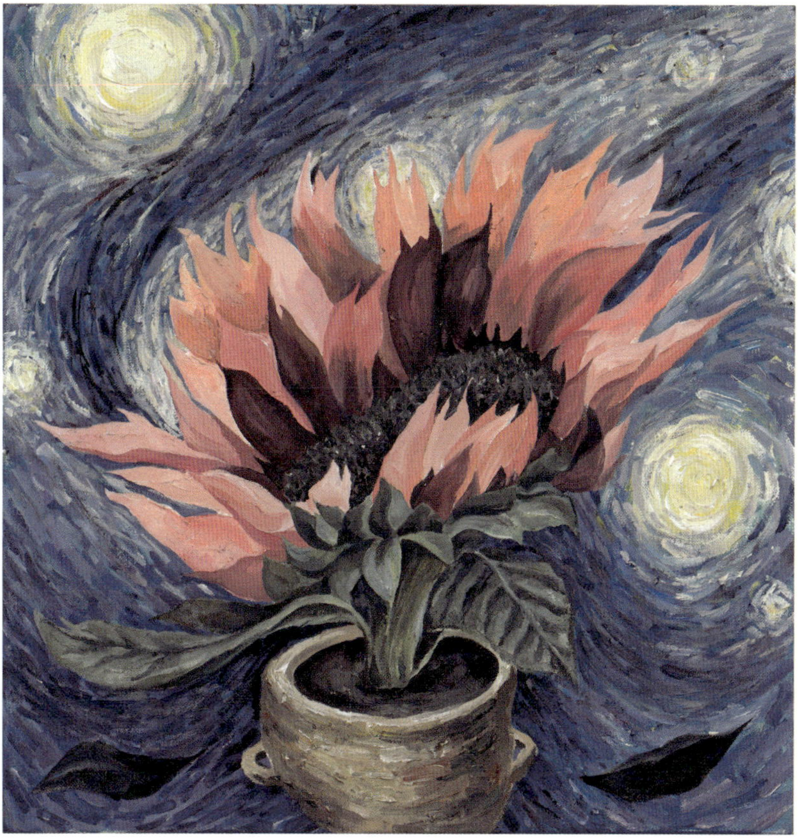

失 忆

电影里那个患阿尔茨海默症的主角

正逐渐失忆

她痛苦不已

想过自杀

后来

连自杀都忘了

失忆

一直是我最深的恐惧

我怕的不是忘记你

我怕的

是在生命的尽头

唯一记得的

只有你

我不想整个人生

因此

被推翻

2021.3.18

万物归一

我的心

原本是一座山

缩成一粒沙

只因每次想到你

它就禁不住地

一紧

一颗心变得如此弱小

以至强大到

丧失了

碎的可能

2021.4.15

自从爱

每一颗泪珠的脱落,都是

放一个不谙世事的自己出走

让她去找,任她

走丢

从温热到冰凉

个个生于无邪,卒于天真

反正

不谙世事的自己不住地再生

放多少个出去

都放不完

途经这个满腹沧桑的世界

一个以爱为生的人,所能做的

仅此而已

即使无力,却也

恰如其分

2021.4.18

代　价

我终于掏出了别在腰间的愿望

我曾仗着它行走天涯,横冲直撞
那些企图拦截、阻挡我的人
他们纷纷对着我,拔出嚣张的食指
而我,就
缓慢地摸向腰间
还没来得及释放眼里的无畏,他们就已
四散而逃

这么多年
世道凶险,我且行且狂
毫发无损

此刻

为了写下这首诗

我终于掏出了别在腰间的愿望

只为了看上一眼

其实,我早已忘了

它是什么

2021.5.14

醒

我说

别给我枪

食指不够硬

瞄得越准

越沮丧

你已给了我奔跑的双腿

用于后退

给了我嘶吼的喉咙

用于噤声

给了我高昂的头颅

用于仰视

给了我挥动的手臂

用于投降

你明示我

一千万个傻子的朴拙

也不足以抵消

一个疯子的

精巧

难怪

这个原本为傻子准备的世界

竟如此疯狂

2021.5.11

初 心

月光，是太阳和月亮
相爱的证据

地平线，是天空和大地
牵手的地方

你的初心
是我梦寐以求的
终点

唯有一笔一画地描摹那些
万水千山
直到
不在意能否抵达

2021.12.27

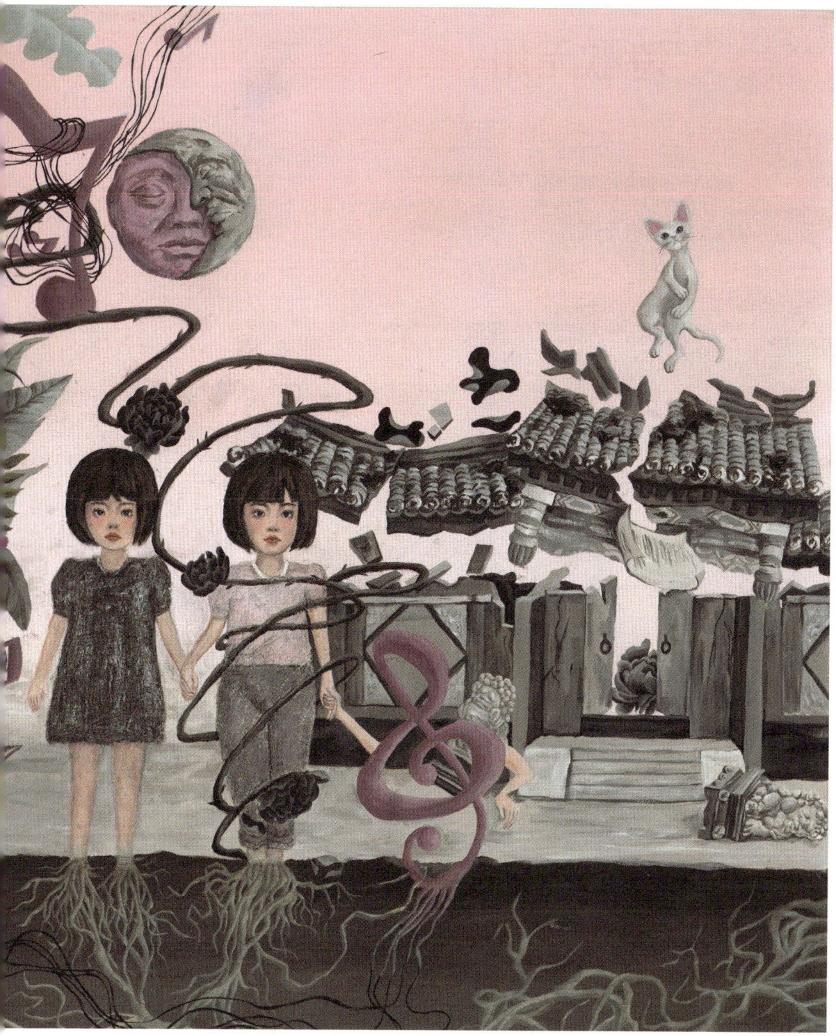

诗歌无用

诗歌无用,似生命无解
灵魂无依。

字与字相拥,彼此嵌入
却又间距一世,
彼此扑空。
因矛盾而生发的张力,便是诗歌的
命数。
诗歌果然无用

诗歌与现实的关系
时而如梦与醒,虚与实
你与我

你是我唯一的杂质
而我
却以你命名

2021.6.12

无　解

春天和死亡

诗歌最常光顾的意象

它们相互酝酿，成就

又彼此消解，戕害

二者之间的互文关系

将规律一语道破

又将希望

一笔勾销

于是面朝大海，大海局促

仰望星空，星空惶恐

它们慌不择路

投诗自尽

2021.6.19

想写一首柔和的小诗

事已至此

就不必追求强烈

反正,每分每秒都注定

用于寻找和搭建,与你无关的一切

和你之间的关联。

反正,静默抑或沉寂

不过是表象

而我的头脑和心灵正在以生命流逝的速度

严肃,且热情地履行着

那个

恰逢其时的

我们

2021.7.1

夏　日

儿子用手指推我的鼻子
妈妈，你变成猪了
拿双手挤压我的脸颊
妈妈，你像狐狸
来回扒拉我的耳朵
妈妈是大象
又揉捏我的嘴唇
妈妈，你喜欢当兔兔吗？
……

不管过多久
我都会记得
这个燥热的午后，知了早已弃城而去
而我，是你的
一座动物园

2021.7.10

文 笔

抓不住

也写不出

字再密集,丰富

影子而已

徒有轮廓和轨迹,参不透表情

而笔者

恍若早已活成世间杂物

堆成人形

不管怎样摆放

站,坐,跪,卧……

也无论移至何处

终不能,增一分喜

或减一分

悲

2021.7.16

沉，默

如果濒死时的欲念

坚硬成桥

或许，每条鱼的前世都是溺亡者

每个坠亡者的来生

都是飞鸟

只是

生而为人，大多宁愿一世而终

当他们不得不活成

溺亡的鱼

坠亡的鸟

2021.7.30

真　相

鹿在接受采访时被问到
作为一匹马的感受
它笑了笑，回答道：
"我一直渴望身上的毛被推掉
毕竟，这个世界需要更多
羊绒衫"

2021.8.5

选 择

树被风连根拔起

树洞里的秘密无处藏身

连同那些渴念、疑惑、焦虑、恐惧……通通

与世长辞

树梢上的月亮猝不及防

那些悬挂几世的浪漫、柔情、幻想、哀愁……一并

粉身碎骨

被风连根拔起的树

并非谋杀

它只是不堪寄托

借狂风纵身一跃

此刻的它

躺在次日的宁静里

面容安详

2021.8.7

失 控

大海终于失控

紧紧揽住了星辰

平静 清澈地凝望

汹涌 浑浊着亲昵

为着黑暗中这些时疏时密

时明时灭 却通向永恒的火光

大海投入了作为水的全部情感

穷尽一切表达

然而 再刻骨的交集无非幻象

星空一如既往地伸展着它的自由

没有一颗星

因此改变轨迹

这个夜晚

所有河流都做出了

干涸的决定

只因大海环形的手臂如此密实

坚硬 决绝

似

不可攻破的城门

2021.8.19

万劫不复

我一直被它尾随

无法栖身

所有的不堪与疲倦都源于

它的锲而不舍

我不敢让自己停下来,唯有行进才能保持空洞

倘若感受,或思考

就会在一瞬间被它侵犯

它有着最熟悉的面孔和最陌生的气息

它的笑一触即碎

锋利,致命

它的每个动势都在轻盈中酝酿着

一个深渊

我如此惧怕它

一旦沾染,万劫不复

我注定要熬尽余生躲避它

而它,却在不断壮大

它是

过往岁月里,我每次欲言又止

攒下的话

和每个自以为正确的选择

余下的种种可能

2021.8.26

三　岁
　　　——写于儿子三岁生日

你的世界

万物可爱

最庞大的恐惧

也只能乖乖地活在

一支玩具手枪的射程之内

排山倒海的悲伤

竟抵御不了

一颗棒棒糖的甜

布熊因被你哄睡

而梦见了蜂蜜

你用积木建造的城堡

能在一秒钟

召回所有落难的公主

不管抛向你的问题有多难

你都有答案

每一个都是对现成答案的

证伪

你的笑声最为神奇

每响一次

就有一种成人的愁

无处遁形

2021.8.31

伸出了手却不见踪影

夜越聚越黑

星月已无能

灯火更是无力

当所有喉咙都被钳住

黎明节节败退

目光再如炬

也无法点亮哪怕一丝生机

以至于

它将"黑"的成色看得越分明

越徒劳

2021.10.2

赎 身

我的那些思想已明艳多时
起初只是几个不起眼的小念头，可每一次啼哭
都被我及时安抚，精心喂养
无条件地认可和纵容
它们才在不自知中逐渐自大
现如今
个个娇媚撩人
又不可侵犯

总有一些
文字
试图光顾它们，却败兴而归
只因始终不够
正经

2021.10.8

一首诗所能做的

一首诗所能做的

仅此而已

像一滴墨汁试图以它的硬核

击穿一潭清水

却在触及的一瞬,松软地

弥散,这过程

既是它的美,也是

它的痛

一个名字所能做的

不止于此

倘若心如大海

私藏着整个世界,富足而神秘

唯独

这个名字,决定了它的

咸

2021.10.27

俗 世

坏人信教

为宽恕自己

好人信教

为宽恕坏人

2021.11.1

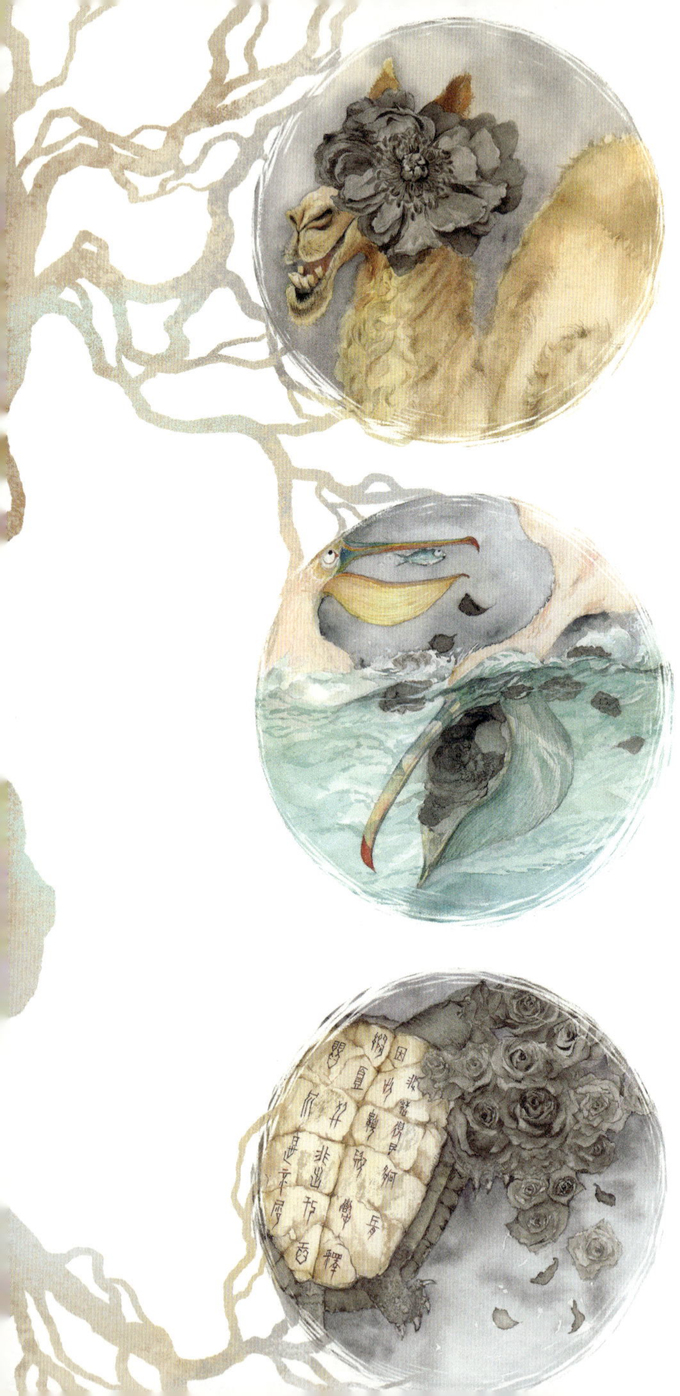

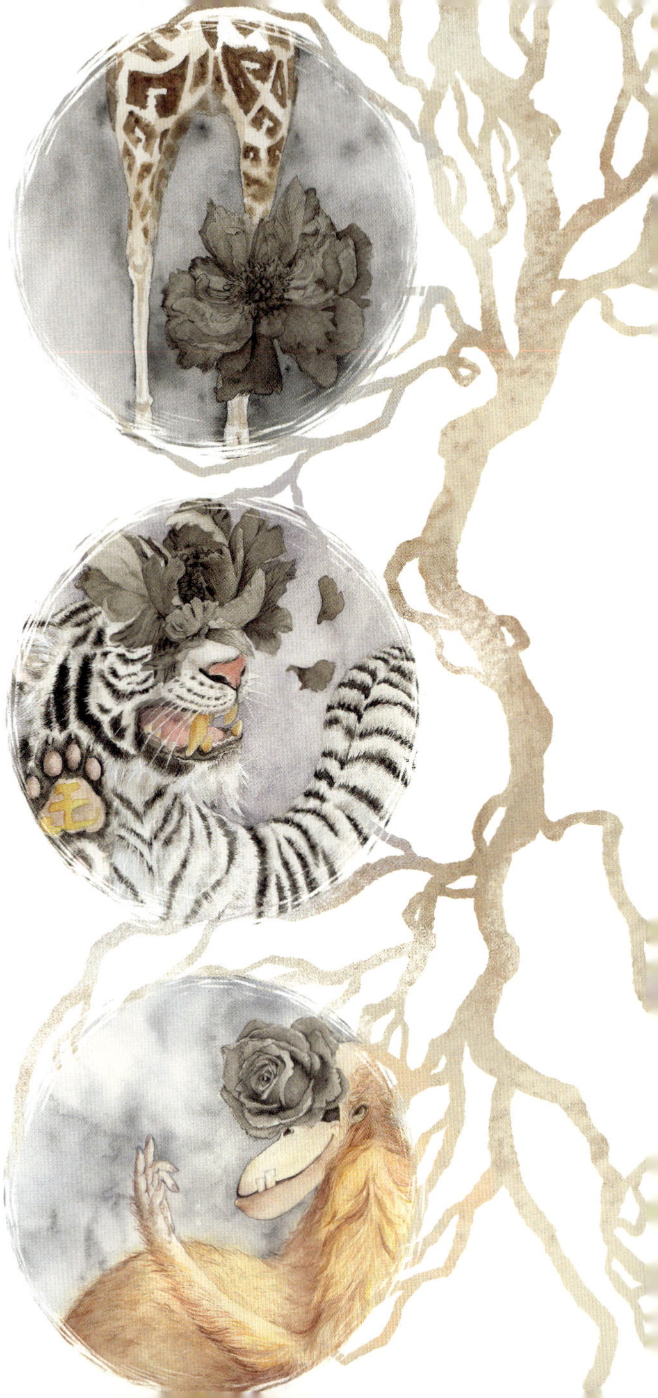

它 说

一

骆驼说

即便稻草们千篇一律

我还是要给最后一根颁奖

它成功地量化了

我的局限

二

海鸟说

绝食以后

我更加频繁地把头扎进水中

只为打探

某一条鱼的消息

三

乌龟说

我活得足够长

因此懒得解释

缩头并非出于恐惧

而是不屑

四

长颈鹿说

我已穷尽了"眺望"的含义

结论只有一个

根本没有所谓的

远方

五

老虎说

我不打算生孩子

丛林法则已不再适用

额头的"王"字又只能遗传

后代便不必承受

这种讽刺

六

猩猩说

是一代又一代先辈的坚持

直面诱惑

不为所动

才成就了今天的我们

幸免为人

2021.11.2

街　景

风起，霾散
每栋楼的毒瘾都开始发作
墙壁上那一道道裂缝
在痛苦地扭曲

地里只剩一种菜
割一毫长一厘
天有多高
它就有多长

路旁吃瓜的人群
抬起头
笑得满嘴猩红

文字一旦觉醒
就会疯癫
而后，被切除了脑前额叶的它们
浑身僵硬
站成了口号和标语

2021.11.6

未见独立

每个季节都有那么一身衣服
精挑细选，认真搭配
好看，又不显得刻意
连同鞋子试了又试，只为用于
见你
所以每个季节都有那么一身衣服，最满意
却闲置

经济独立
思想独立
人格独立
不过是
在不需要你的前提下
需要你

2021.11.17

恪　守

爱

本可以戒

将尖利的现实

刺进眼睛

心脏

大脑

把那些灼烧的诗

剜出

继而止血，并在缝合的同时

绣一朵面相平庸的花

假以时日，便得

忘却

可她

执意要爱

为保有仅存的一丝生气

宁愿恪守

短痛

不如长痛

2021.11.23

战无不亡

游击

跑不动

狙击

瞄不准

弹尽粮绝

也要孤注一掷

耗着

充人数

坚持就是胜利

战友，抱歉

仅有的匕首我不能给你

必要时刻

我得用它和我的命

表演剖腹

2021.11.30

瀑　布

瀑布，从不该

用于观赏

我眼中的它们

是无数疲累而绝望的水滴

终于盼来了

悬崖

却发现

粉身碎骨

也不过是另一场

随波逐流

2021.12.8

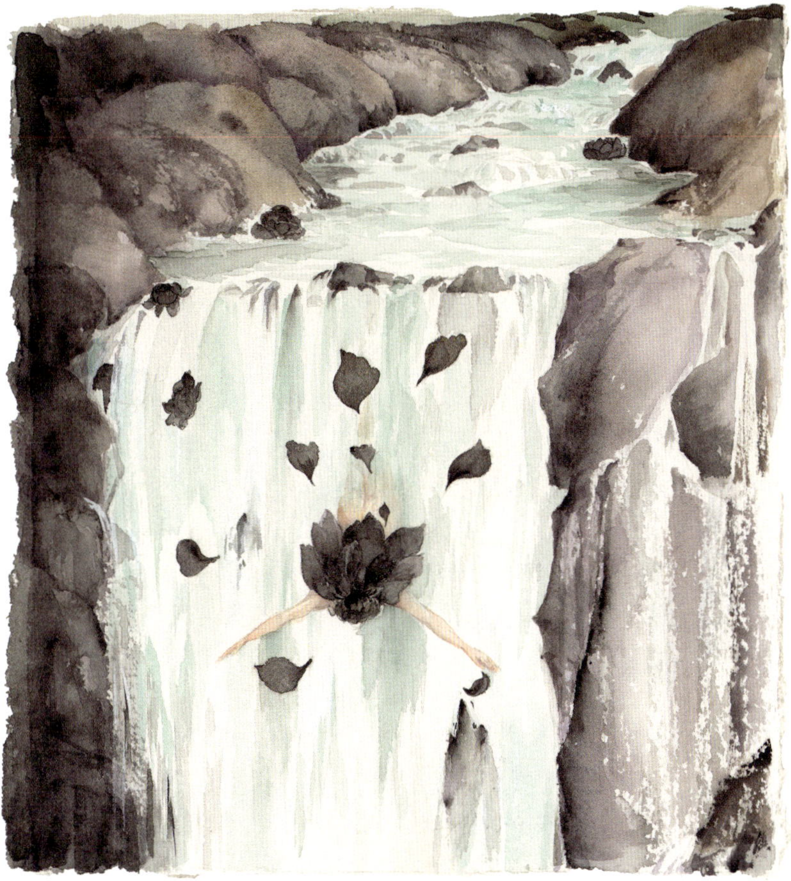

暴 走

我绝不跑
心事太沉,跟不上
却也慢不下来
追不上急促的思想
会空洞

只是走
猛烈地,喘息着走

不跑,是尊严与修养
疾走,是态度和行动

没有雨或雪的夜晚
我的身体,是一台高速运转的机器
就这样,一圈又一圈地
生产,激活,更新
你

2021.5.18

看 海

此刻的我

正在与那些试图逃脱的浪花共情

它们没有机会

无论多么勇猛,决绝

这座浩瀚的监狱

终将

置它们于死地

我眼睁睁地目睹它们被岩石粉碎

被沙滩消解

像是蒙冤的囚徒

将所剩无多的希望燃到极致,赤手空拳地

逃过了狱长,又干掉了狱卒

却还是

终结于电网

2023.7.28

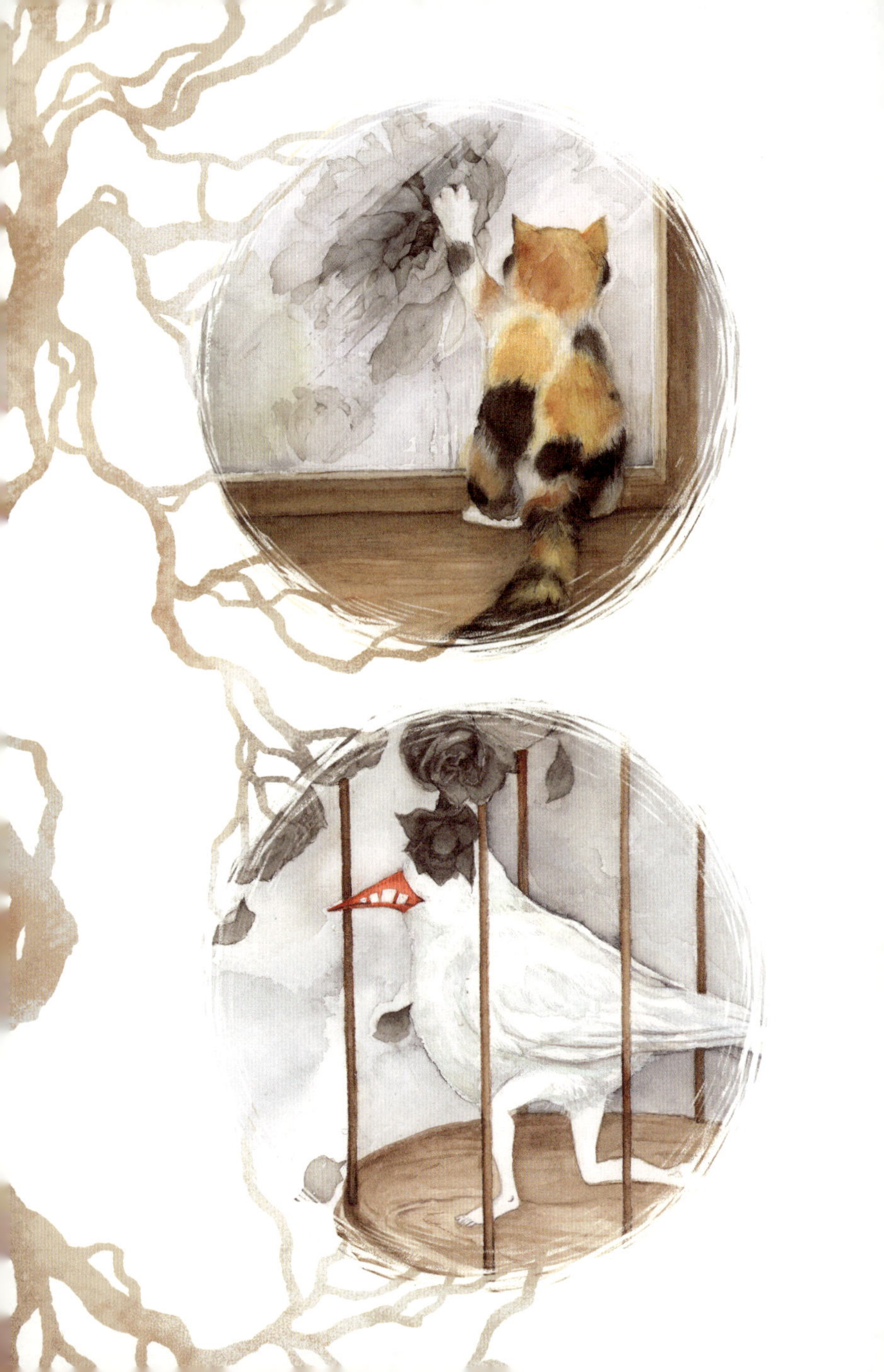

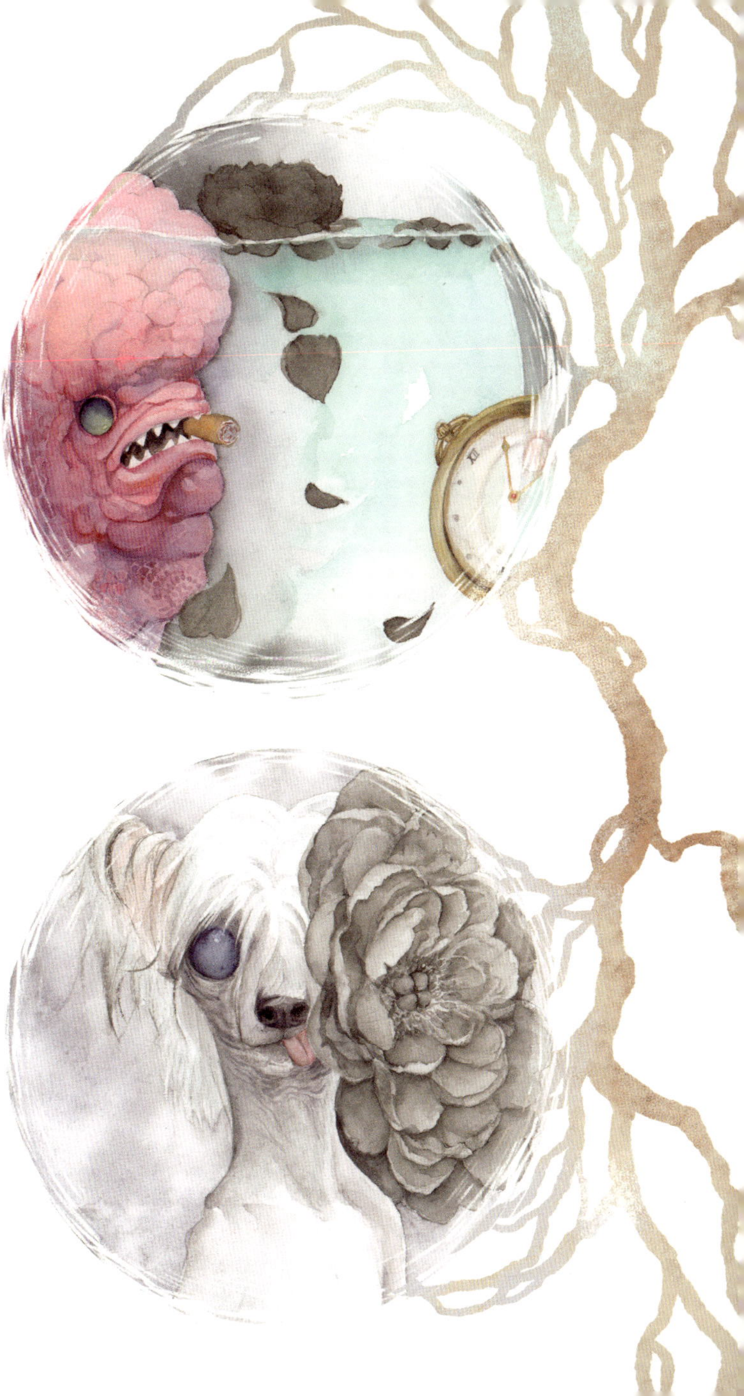

它又说

一

家猫说
任窗外冰雪消融,生机萌动
与我何干
懒得叫的,也就不再是
春

二

笼中鸟说
天空的高远并不值得憧憬
有自由也会触壁,那
才是最烈性的
绝望

三

金鱼说
你认为我只有七秒的记忆,随你。

每一次转身

都是我在试图挣脱

童年的忧伤

四

宠物狗说

褒我忠诚也好

贬我谄媚也罢

主人从不敢直视我的眼睛，只因

里面圈养着竭力维持清高的他

对整个世界的

讨好

2022.1.13

不　惑

——写于自己四十岁生日

年幼的

年少的

年轻的

那么多自己

不是依次取代的关系

而是

层层叠加

此时

镜中的这个中年人

既是自己的

女儿

又是自己的

母亲

2022.2.14

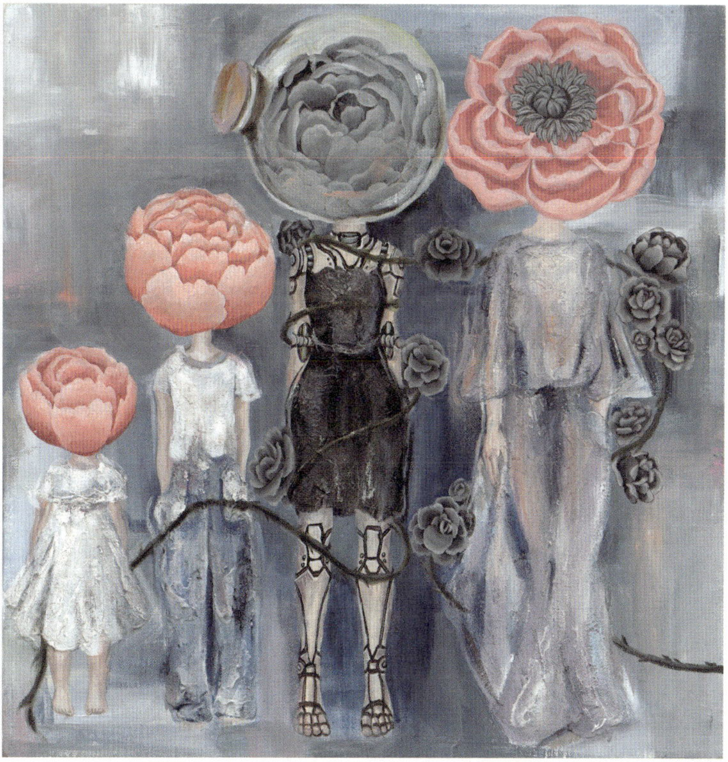

偶尔地看海,才是刚需

我的房子尚未
面朝大海

窗外,那些
以全知视角敞开的道路,了无波澜
激进的车辆,为抢夺时间奋力编织难以更快的路径
碌碌而不自知的人群,早已放弃了
未被破解的生活谜题
"自在"的缺席
让沉重的更沉重,无趣的
更无趣

我的房子尚未
面朝大海

是一种
幸运

因为,愁绪
总能在看海的瞬间,像河流般认祖归宗地
夺眶而出

2022.2.22

出 息

你缺席的时日
对于世界
我只有一种解释——
一个用来想你的地方
对于生活
也只剩一种过法——
想你

或许
唯有你不再出现
最后一刻
我才能无愧于心——
回顾过往
我曾温柔地
热爱世界
也曾炽烈地
善待生活

2022.2.28

情　欲

不好意思

这是标题党

我写下的

每

个

字

都在严肃地探讨

爱情

其实，把标题和正文对调

也可以

只怕灰了心的读者

不再有

读下去的兴趣

2022.3.16

气 度

有些巨人

热衷于表演气度

逼迫你站在他的肩膀上

却不准你看起来

比他高

于是

你，你们

开始努力低着头

表演仰视

幸好他足够膨胀

他信了

2022.3.18

倒春寒

春天之所以悲催

是因失忆

而复活

在醒透的一瞬间,又会想起一切

然而为时已晚

破土的破土,含苞的含苞

整个尘世都做好了再死一次的准备

它倒吸了一口凉气

开始梳妆

2022.3.30

成　长

让这条新鲜的伤口

开放着

尽可能久一点，以记住

你因裸露着眼中的

两潭清水

曾被这个突然变脸的世界，强行

插入

2022.4.5

悲观的乐观 / 乐观的悲观主义者

死亡就是一场
裸睡
天亮了,再想赖床
也得换套干净衣服
出门

愿此生
活得长一些,再长一些
让一个人有足够的时日
在哀怨中
满心欢喜地
期待来世

2022.5.2

弦外之音

把你说过的话悬挂在耳垂上
脱口而出的
郑重其事的
连同所有的语气,和每一个标点符号
它们让我的双耳
如鲜花般怒放

你对我说过的那些
为数不多的话
在我的脑袋里紧锣密鼓地编织着春天
直到我的心
开始凋零

2022.5.6

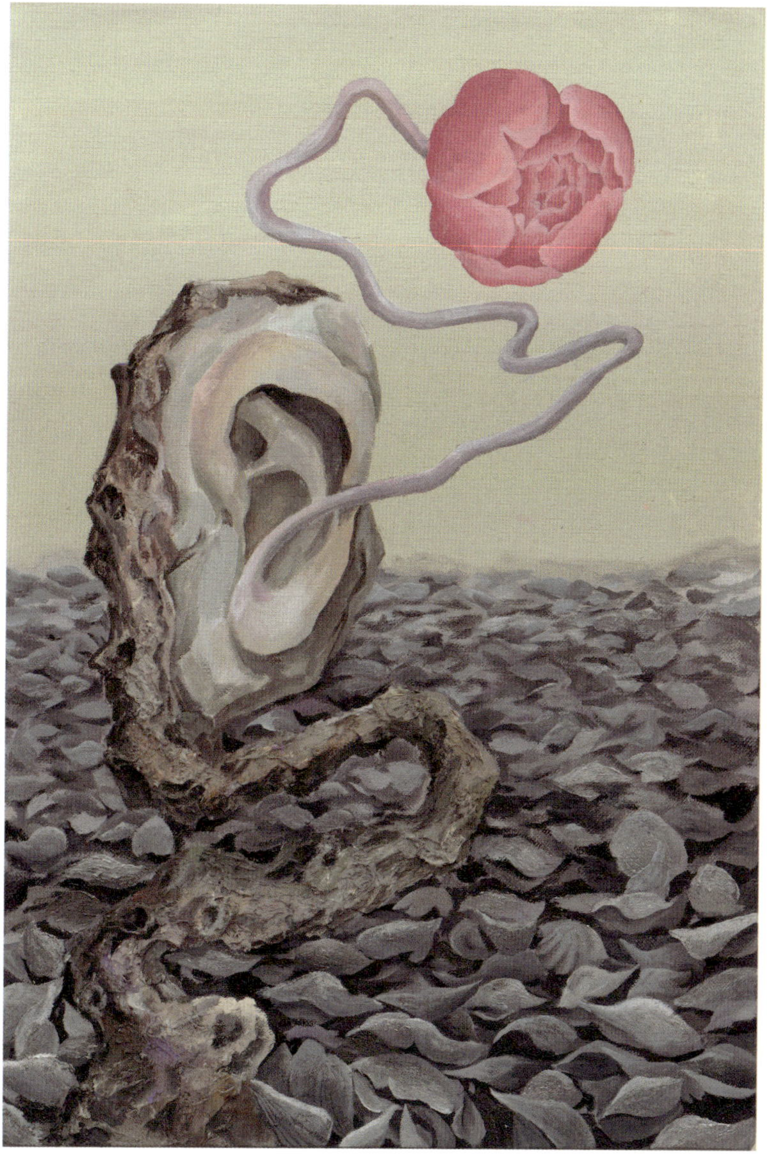

忘

春日憋死在春季里

死因：心肌梗死

夏日疼死在夏季里

死因：失血过多

秋日饿死在秋季里

死因：低血糖

冬日会让冬季一直活着

因为它有

阿尔茨海默症

2022.5.7

无　题

承重墙早已被"捅"得千疮百孔
队伍的尽头，不时爆发出
坍塌的声响

漫天升腾的灰尘里
悟空迷了眼
荆轲迷了路

遍地残乱的废墟中
最执着的拾荒者竟也捡不到哪怕一小牙
未来

2022.5.18

蓝

你是所有眼泪的归宿
这或许是
全人类的共识
当属于此刻的伤
久治不愈
让我
就这么注视着你，不发一言
像奔赴过去
也像
回归未来

2022.6.21

即 兴

想上演一出即兴的诗给你
抢着登台的词句
都不达意
追光下，它们
越是极尽能事
越是
漏洞百出

当我
想上演一出即兴的诗给你
千词万句中
最精准的，偏偏不能登台
非胆怯，更非不屑
它们只是被准备得过久
已僵死在幕后

2022.7.17

逐 帧

我有意识地
快进着所有等待的时长
回忆里
我的生命,就这样
在快进中
慢放

任选一个画面,定格
都虚焦
它们全部关乎,那个
没能发生的未来

2022.8.17

灵魂的量词

短诗终结之处

长诗刚刚起势

我始终确信

灵魂的量词，是

束

它的存在，唯死亡

可证明

如同

黑暗之于光芒

纵使无限

也坚守孤独

直到彼此穿透

那一瞬，我会知道

只能是你

2022.9.1

流　放

你是我不得不流放的一桩心事
却
意外宣布独立
仅凭一己之力，站成城堡
又碎成花园
叹出最幽远的天空
化成最闪亮的湖泊

为了
抑制你继续壮大
我倾注所有思绪，直至
能源耗尽

你曾是我不得不流放的一桩心事
此时

我只剩漆黑寂静

而见你

迎来盛世

2022.9.3

岁月静好

踌躇再三

决定

继续　犹豫

等待多时

终于

等来　耐心

表达万千

直到

接受　失语

付出所有

如同

失去　一切

2022.9.22

135

一个舌吻的德行

吻

可以被精心策划

更多是

情不自禁

意料之外的

或水到渠成的

都好

一个吻

不见得是性的前奏

但

当一个吻

明知永远无法

与性有关

却依旧尽己所能

仿佛第一次

又是最后一次

那么

它或许就是爱情的

华彩

2022.10.15

兴　盛

每片唇上都生满花苞

一句谎话即可催开一朵

如今的街道

花团锦簇

那些依然衔着枯枝的人

会被春天

拒绝

2022.10.21

乌 鸦

乌鸦尚存

得益于

极少成群

一只乌鸦

可以活成一个笑柄

两只或三只,也不过

"重复是笑料"

有些事物

势单力薄之时

可被忽视,甚至

消遣

却绝不容集结

比如

漆黑的真相,或

聒噪的事实

2022.10.24

当沙发开始思考

书桌,完成了修行
处变不惊
任笔尖如何锋利
戳不出半个微表情

餐桌,与饭菜
僵持过久
放弃了态度
色、香、味
浮云而已

床,是温暖又柔软的
凶手
用夜复一夜的平行人生
杀尽了梦中人对于现实一切美好的
误判

衣柜，已吃得

肚满肠肥

主人只好穿着它吐的

骨头，代言

温饱

2022.11.12

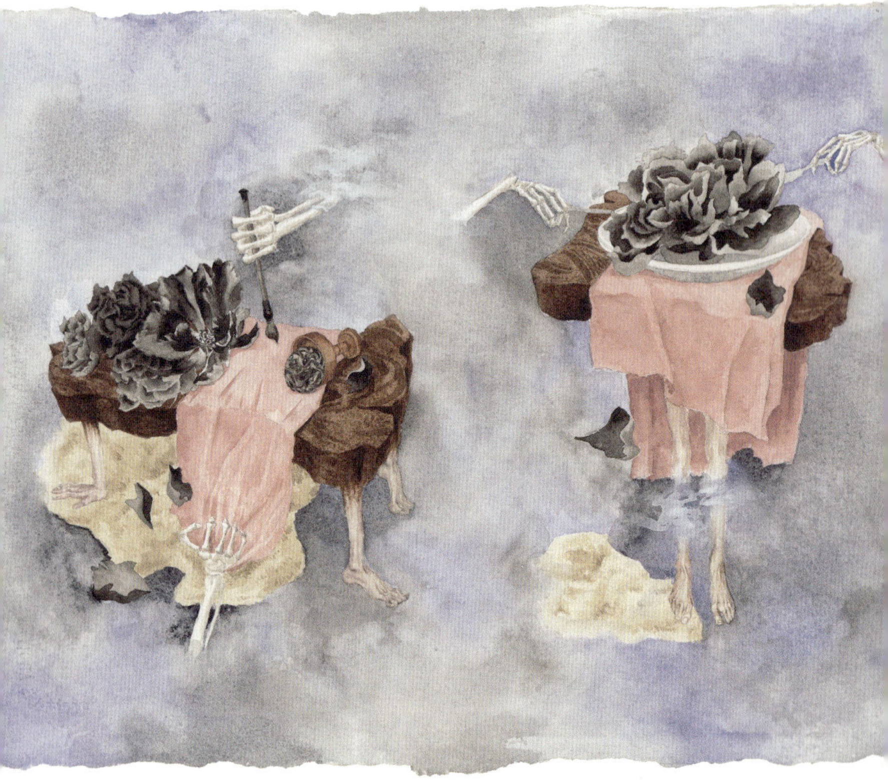

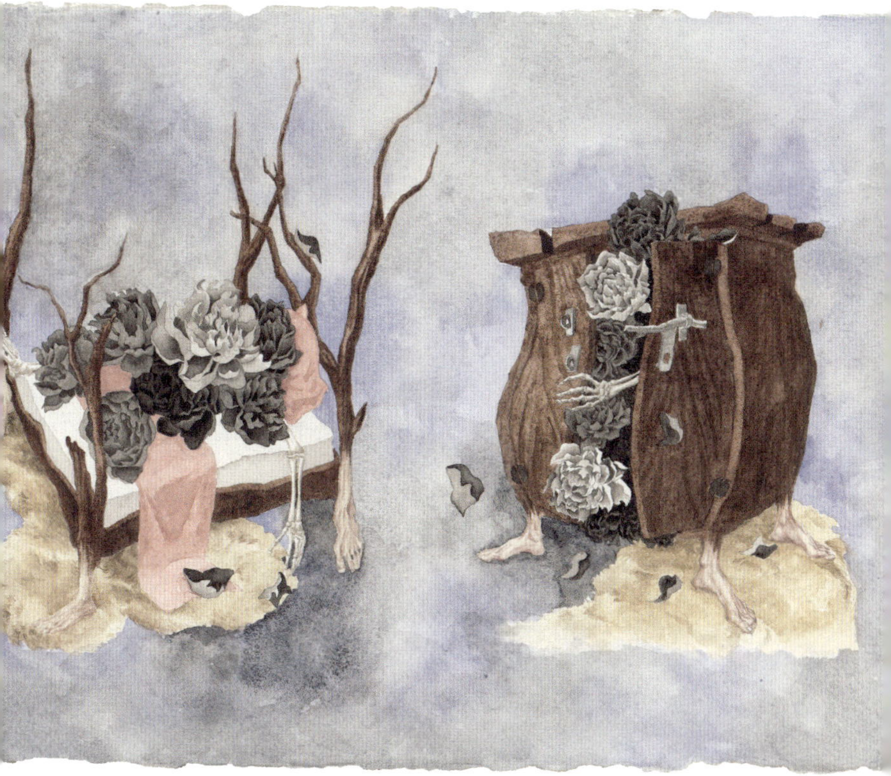

文　明

请把追光打向我
披上劣迹斑斑的戏服
我就是那个
坏人

讥讽，谩骂
荒唐的指控，恶毒的攻击
它们越猛烈
我的戏
越真

在荒蛮的世界
处理荒蛮的问题
临时的舞台，和
一些假定性
足矣

2022.11.17

流水账分行也可成诗之
——她／他说

一

失联多年的旧友

突然来电

才知她早已迁居他城

挂电话前

我们互留微信

她说　我马上加你

还说　千万别相信我的朋友圈，其实我过得

一点都不好

二

昨天

回家的路上

儿子说

妈妈，Linda 不喜欢我

（Linda 是他幼儿园的班主任）

我问他为什么

他说　因为 Linda 批评他不好好听讲

还把他的小椅子变没了

今天

Linda 请了事假，没上班

回家的路上

儿子说

妈妈，晶晶喜欢我

（晶晶是他们班的另一位老师）

我问他为什么

他说　因为

晶晶今天把 Linda 变没了

三

一位长者给我发了 20 多条 60 秒的语音

工作间歇

我把手机举在耳边

边吃盒饭边听

同事问我

你在听广播吗

我摆摆手,示意在听语音留言

伴着最后一口饭下肚

留言也终于听到了最后一条

最后一条的最后一句是:

知道你忙

我没啥重要的事

这些留言等你有时间了再听

四

闺蜜少女时代曾暗恋过一个医生

用情极深，却始终未能挑明

人近中年又爱一人

巧了，还是医生

可惜未遂，肝肠寸断

曾是教育工作者的她，果断辞职

这几年，苦学勤练

竟然披上了

白大褂

她说

得不到他就成为他

五

我有个发小酷爱奢侈品

一直买假的

这些年不停换工作

总是不满意

半年前，她终于找到了梦寐以求的工作

在各种"高端"场合推销"高端"产品

华服，美酒，名流

她样样喜欢

唯有一点令她郁闷

"内部竞争激烈，各种勾心斗角"

但她志气昂扬，决意活到最后一集

然后，实习期没过

她被辞退

我的发小精神失常了

怀疑身边所有亲近的人都受了巨额贿赂

陷害她

街上遇到的每一个人都领着工资

监视她

我们试图帮她，却不可近身

她发病之前最爱挂在嘴边的词是

圈层

六

平时极少翻看朋友圈

然而

每有"重大事件"发生

必须郑重点开

逐一阅读

缺心眼的言论

发言者令人心疼

没人性的言论,令人心疼的

是这个世界

尤其这两年,看清

不少人

比如昨天

屏蔽了一位旧识

他激愤地写道:

××人,我恨不得见一个砍一个!

七

不说

"不能"说的

已是妥协

不说

不想说的

是底线

我的话

越来越少了

2022.11

福 报

经常头疼

一疼就吃药

都说止疼药吃多了

不好

麻痹神经

造成反应迟钝

我不以为然

对于周遭日益增长的

复杂和凶险

一颗处理器不肯升级的头脑

余生最大的

福报

便是在不知不觉中

优雅而从容地

傻去……

2022.11.23

默 哀

默哀之时
头尽量低垂
若有眼泪滴落
那么,你和我一样
看见了自己的双脚
和它们的
去向

2022.12.7

稚

四岁的儿子

认为天堂一定是个超级

好玩的地方

不然,太姥姥

迈克尔·杰克逊

还有小猫喵喵

不会去了

就不肯回来

他每次看见骷髅架子

都会兴奋地大叫

"骨头人儿!"

死亡

就这样被赋予了

生气

2022.12.27

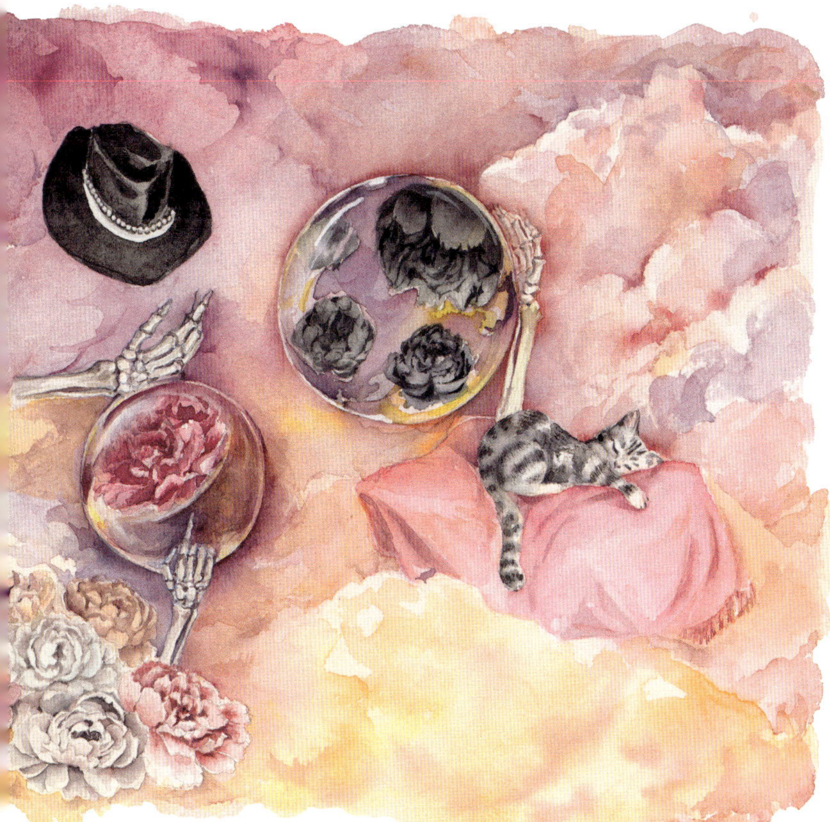

环 游

你所到之处,皆是

我的险情

却无法阻止你继续游历

我唯一的地球仪已被你蹬得

疮痍满目

且不再旋转

当一个人成了另一个人的整个世界

岁月,就成了

世界末日的

说明书

2023.1.13

诗无眼，命无核

疏解苦闷

是作诗的功能之一

将悲愁写尽

或能换取片刻欢愉

今夜，词穷如我

试图用酒

下午那个从高架桥飞身一跃的人

用上了他满载绝望的

命

2023.1.15

幼童离诗歌最近

儿子三岁半时,开始"作诗"
他说:

"把眼泪抓出来
拿太阳公公晒在手上
就干了
像水一样"

"我朋友的妹妹
吃了糖
觉得苦,就去
天堂了
现在她好了"

"小狮子和小猎豹
从粉色里拿出一张柔软的床
躺在上面
睡着了"

现在他四岁四个月

依然热衷"作诗"：

"怪物把树安到

山上

梦想的毒就出来了"

"地震的时候

彩虹就掉下来了

缩小了

煮一下

变成彩虹酒了"

"石头肯定在一个

更大的石头里

钉子

是白色的

黑色的

是怪物"

"你在哪里

我就在哪里

看不见你

你就在哪里"

……

我只字未动，只负责记录和

分行

他也并不觉得自己在作诗

而我，唯愿长大的他

有了作诗的意识和冲动

诗歌

没有抛弃他

2023.1.30

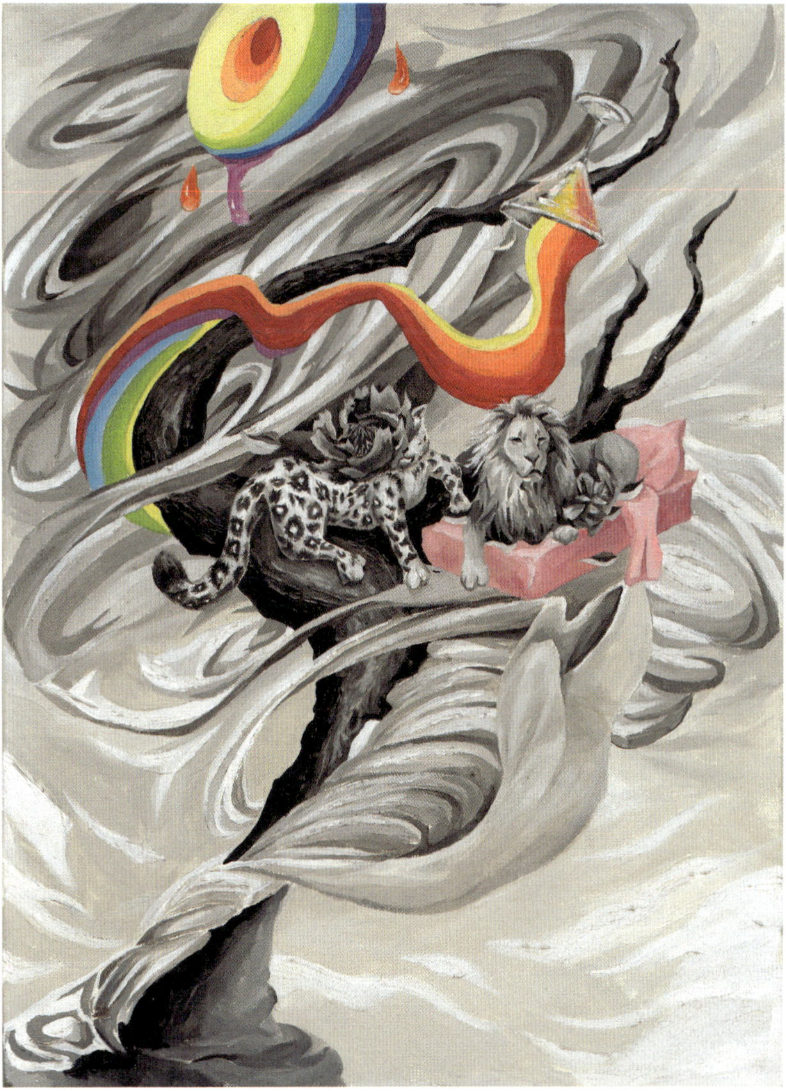

大病初愈

购物中心的小乐园里

有家"宠物医院"

穿白大褂的儿子

在一丝不苟地给一只小狗

看病

先测体温、听诊

再抽血

打针

动手术

做小儿推拿……

医者仁心的儿子

刚把痊愈的小狗小心翼翼地放回窝里

就眼见着它

被旁边的孩子用一头狮子

吃掉了

2023.2.2

虐

当二者间距过长
同样是施暴
现实之于梦想,叫作
强奸
梦想之于现实,叫作
宠幸

诞下的每个时日,都
痛苦,而
快活得
不折不扣,却又
不清不楚

2023.2.4

失 眠

窗外，高楼

稀疏，街灯

萎靡，唯有夜空

新锐而澄澈，以致

我刚一拉开窗帘，就被月亮

盯上了

整个夜晚

它如镜子般穷追不舍，对我精于披挂的平静

不依不饶

天亮之前，我无以为继

不得不交出汹涌

以海水的气势，一次又一次地将那个习以为常的自己

掀翻

2023.2.8

腔

我用前半生杀出的

空旷

只为由你呐喊,当你已不得不

力竭声嘶,仅一次

便足够

如果能使你的灵魂就此定居

即使徒有影子

我也好用整个后半生

将自己在此

掩埋

2023.2.20

嘘！

胸痛，憋闷，气短
偶有濒死感
医生诊断：心房严重增大
亟须手术

别担心
医生说
将心中那个
日益扩张的姓名取出
即可重获健康

再见
我说
无思念　毋宁死

2023.3.3

可 惜

酒精,再不济
也该令人遭遇赤裸的自己
可惜
明明醉了,但笑得节制
哭,执意蒙着脸
是如何悲哀
如同
夏日的玫瑰在雪地盛开
却视而不见,又将射杀
赶来为其唱歌的小鸟
伪造成
一场意外

2023.3.12

阅　镜

抬头纹

川字纹

鱼尾纹

法令纹

口周纹

颈纹……

它们纷纷从动态到静态

且日渐深重

似在控诉

时间

终将把一个人，连同其所有悲欢

改造成

一个不透风的

秘密

以

折叠的手段

2023.4.25

露

等待中的小草

惧怕晨光

夜尚在,便有

希望

隐忍过的悲伤,晶莹

因心思纯净,饱满

因心事沉重

悬挂着,直到世界再一次

被黎明击碎

等待中的小草

枯荣着轮回,却始终

无花可开

2023.5.17

应 试

眼

看盛景

耳

听天籁

口

吐莲花

手脚并用地

奔向未来

以上,便是

标准答案;

脑

放弃思考

心

停止感受

魂，即可
交白卷

当题目不怀好意
空着，则是
最佳答案

2023.6.13

花言巧语

每个花瓣，都是

一片嘴唇

这个迟来的春日

五彩缤纷，柔情蜜意地

亲吻着我们的双眼

像在给被枯枝刺破，早已结痂的伤口

涂抹红药水

2023.8.1

减 肥

减肥
与其痛苦地节食
倒不如
每餐都紧着吃相难看的人先吃
盯住，败了胃口
自然会瘦

2021.12.9

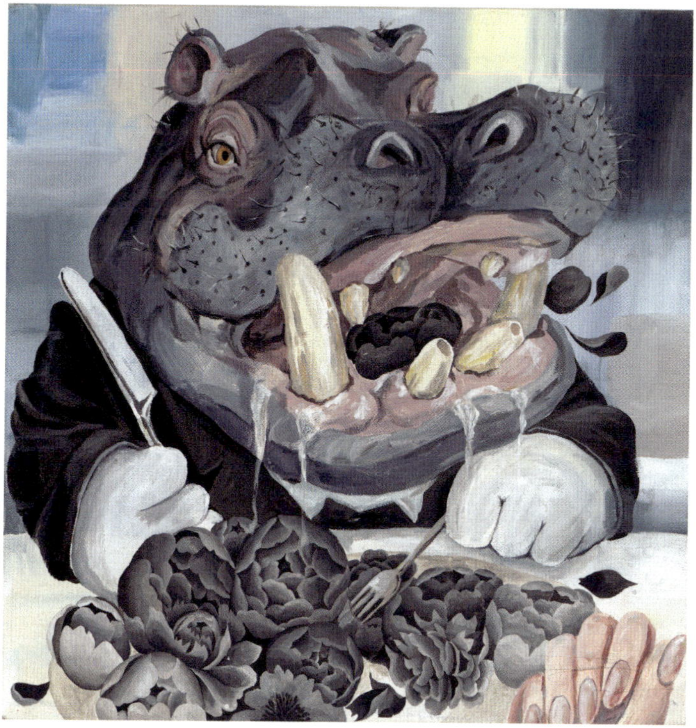

一根烟

我不会抽烟
一根烟,仅是我的
时间计量单位

我用一根烟的时间欢喜
一根烟的时间悲伤
一根烟的时间平静
……
即使每次绝望
我也控制在一根烟的时间
完成

就在刚才
我用一根烟的时间写下了:
"在奔赴死亡的途中
遭遇了爱,才不得不
将目的地修改为
来世"

它并不精彩

却是这一根烟所能带给我的一切

我的日子由无数根烟串联而成

我不会抽烟

可我眼前始终烟雾缭绕

我的肺，也早已

病入膏肓

2023.9.14

人　话

一

以说话为生的人

决定

扔掉话筒

从此

只说人话

二

当沉默亦可被视作

罪状

人皆开口。

此时，不说话

已是说人话

三

厉声并连续地

质问：

会不会说人话？！

会不会说人话？！

会不会说人话？！

……

直到，自觉声同

犬吠

2023.12.1

讳

这一刻
急需表达
所有词汇，连同
一切排列组合
都已上膛

这些年，我将口齿擦得锃亮
却无话可讲
即使从未投降
每次欲言又止，都在
缴械

2023.12.18

霞

不甘被污名的云朵

趁洁白

焚烧了自己

灰烬却无力消逝，只得

如心结般

瘀积于半空

在一个无风的夜晚

等待

被吹散

2024.1.3

平 行

如果不是你

我早已失去了想象的兴致

你的遥不可及

为我延展了想象的边界

你的深不可测

为我的想象叠加了无数种色彩

在这片虚构的疆土之上,你是

王

这个虚构的王国,却是我

说了算

2024.1.7

苍蝇之死

打死第一只苍蝇之前,我

还是迟疑了的

毕竟也是一条性命

可它飞得太低

叫得太响

视厕所为餐桌,又把餐桌当厕所

我最终了断了它

近来打死不少苍蝇

总结了一下

它们都是在停至一处认真"搓手"之时

让我的苍蝇拍兑现了杀机

所以

可不可以认为:

作为一只苍蝇,无头

比运筹帷幄

活得更久

2024.1.12

一首情诗的诞生以及作废

我把这个夜晚

交给了你和诗歌

如同之前的无数个夜晚一样

任你们相互唤醒

彼此取悦

撕扯

纠缠

消磨

……

也许你和诗歌终将置对方于死地,或

弃对方于不顾

在此之前,你们惊动的每个字

都在极尽所能地阐释

我爱你

这件事的简明扼要,和

拐弯抹角

2024.2.14

挂 科

人与人之间的

情感

本属于文科的范畴

奈何期末试卷

总不见

风花雪月

倒布满

加

减

乘

除

2024.2.18

愈

五岁的儿子

一手抱着蝙蝠侠

一手拎着医药箱

从我眼前急匆匆地走过

边走边说:

他没飞好

掉在地上

把心摔碎了

我得给他治一下

五岁的孩子

总是把握十足地干着

上帝

都干不好的活

2024.2.19

关　联

你坐拥高精尖

我徒有贪嗔痴

你上天揽月在即

我上房揭瓦未遂

你点燃眼里的星光

我擦拭嘴角的口水

你与人类为伍

我视自我为敌

你乐于弹跳

我苦于深蹲

你用手比一次手枪

我便中一颗子弹

2024.3.9

严 肃

一只玩世不恭的猫

扬言用光九条性命

情真意切，酣畅淋漓地

爱一场

它大方地豁出了第一条命

而后顿悟：另八条命也只能用来

为第一条命

陪葬

2024.3.19

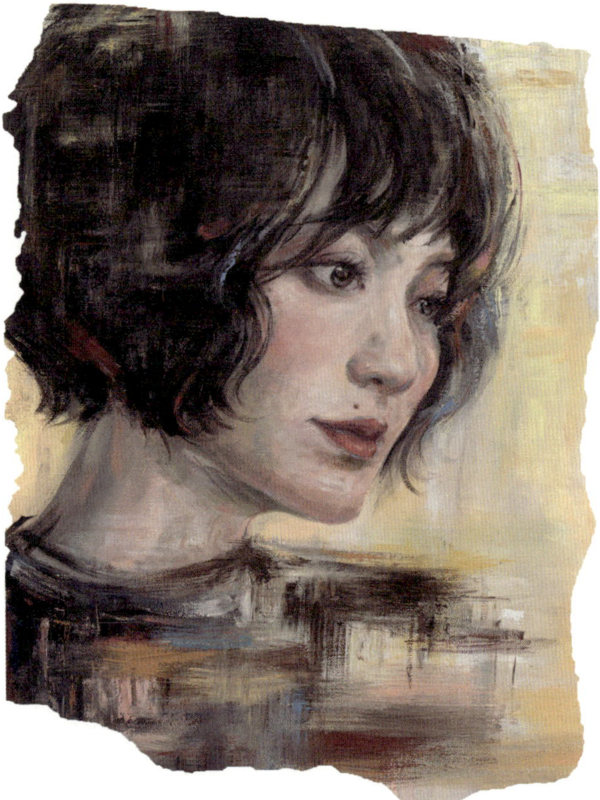

落笔之际

以詩做跋

词藻
再繁复
句式
再幽邃
多行
再陡峭 也无法
连感
因困 或
终结

一首诗所能做的
YI SHOU SHI SUO NENG ZUO DE

图书在版编目(CIP)数据

一首诗所能做的 / 蒋小涵著. — 桂林：广西师范大学出版社，2024.4
ISBN 978-7-5598-6825-1

Ⅰ. ①一… Ⅱ. ①蒋… Ⅲ. ①诗集-中国-当代 Ⅳ. ①I227

中国国家版本馆 CIP 数据核字（2024）第 055442 号

广西师范大学出版社出版发行
（广西桂林市五里店路 9 号　邮政编码：541004）
网址：http://www.bbtpress.com
出版人：黄轩庄
全国新华书店经销
广西广大印务有限责任公司印刷
（桂林市临桂区秧塘工业园西城大道北侧广西师范大学出版社集团有限公司创意产业园内　邮政编码：541199）
开本：787 mm×1 092 mm　1/32
印张：6.5　　字数：70 千
2024 年 4 月第 1 版　　2024 年 4 月第 1 次印刷
印数：0 001~6 000 册　定价：59.00 元
如发现印装质量问题，影响阅读，请与出版社发行部门联系调换。